—¿Jack? ¿Eres
Annie.

—¿No me oíste? Te estaba llamando. ¡Tenemos que salir de aquí! —dijo Jack en voz muy baja.

—Espera. Allí atrás hay alguien durmiendo. ¿No oyes los ronquidos?—preguntó Annie.

Jack oyó un quejido suave y profundo.

—No es una persona, Annie. ¡Es un oso de las cavernas!

En ese instante, un feroz ronquido quebró el silencio de la cueva.

—¡Oh, oh! —exclamó Annie.

—¡Vamos! ¡Salgamos de aquí! —dijo Jack.

La casa del árbol #7

Un tigre dientes de sable en el ocaso

Mary Pope Osborne
Ilustrado por Sal Murdocca
Traducido por Marcela Brovelli

Para todos los niños que me ayudaron

UN TIGRE DIENTES DE SABLE EN EL OCASO

Revised translation by Teresa Mlawer.
Originally published in English under the title
MAGIC TREE HOUSE #7: Sunset of the Sabertooth

Published by arrangement with Random House Children's Books, a division of Random House, Inc., 1745 Broadway, New York, NY 10019.

978-1-930332-68-3

Printed in the U.S.A.

Library of Congress Cataloging-in-Publication Data.

Osborne, Mary Pope.
[Sunset of the sabertooth. Spanish]
Un tigre dientes de sable en el ocaso / Mary Pope Osborne ; ilustrado por Sal Murdocca ; traducido por Marcel Brovelli.
p. cm. — (La casa del árbol ; #7)
Summary: The magic tree house transports Jack and Annie on a mission to the Ice Age where they encounter Cro-Magnons, cave bears, sabertooth tigers, and woolly mammoths.
ISBN 1-930332-68-8
[1. Prehistoric peoples — Fiction. 2. Prehistoric animals — Fiction. 3. Time travel — Fiction. 4. Magic — Fiction. 5. Spanish language materials.]
I. Murdocca, Sal, ill. II. Brovelli, Marcela. III. Title.
PZ73.0755 2004
[Fic] — dc22 2004001721

Índice

Prólogo

Un día de verano en el bosque de Frog Creek, Pensilvania, de pronto, apareció una casa de madera en la copa de un árbol.

Jack, un niño de ocho años, y su hermana Annie, de siete, al pasar por allí, treparon al árbol para ver la casa de cerca.

Al entrar, se encontraron con un montón de libros desparramados por todos lados.

Al poco tiempo, Annie y Jack descubren que la casa del árbol tiene poderes mágicos, capaces de llevarlos a los sitios ilustrados en los libros, con sólo apoyar el dedo sobre el dibujo y pedir el deseo de ir a ese lugar.

Así, la magia de la casa del árbol lleva a Annie y a su hermano a la época de los dinosaurios, de los caballeros medievales, de las pirámides, de los piratas, de los ninjas y, también, al bosque tropical del Amazonas.

A lo largo de sus travesías, Annie y Jack descubren que la casa del árbol pertenece a Morgana le Fay, una bibliotecaria con poderes mágicos que, desde la época del Rey Arturo, ha viajado a través del tiempo en busca de libros para su colección.

En su aventura número cinco, *La noche de los ninjas*, Annie y Jack encuentran un pequeño ratón en la casa del árbol, al cual Annie le pone de nombre Miki.

Allí también encuentran un mensaje escrito por Morgana, que les revela que ella ha sido hechizada. Para liberar a Morgana, Annie y Jack deben encontrar cuatro cosas muy especiales.

En su aventura con los ninjas, Annie y

Jack encuentran la primera cosa y, más tarde, la segunda, en el bosque tropical del Amazonas.

Annie, Jack y Miki están a punto de salir en busca de la tercera cosa en *"Un tigre dientes de sable en el ocaso"*.

1

Cosas con "M"

—Vayamos a la casa del árbol, Jack.

Annie y su hermano iban camino a casa por el bosque de Frog Creek, después de la clase de natación.

—No, Annie. Quiero ir a casa para cambiarme el traje de baño —dijo Jack.

—Uy, no. Vamos a perder mucho tiempo. ¿No crees que debemos salvar a Morgana ahora mismo? —preguntó Annie.

—Por supuesto —contestó Jack.

—Entonces, ¡hagámoslo antes de que oscurezca! —agregó Annie. Y corrió hacia el corazón del bosque.

Jack suspiró resignado, su traje de baño debía esperar.

Así que se acomodó los lentes y se internó en el bosque siguiendo los pasos de su hermana.

El aire de la tarde era cálido y olía a hierba húmeda.

Jack caminó por entre las sombras y pequeños claros de luz, que adornaban el bosque como parches sobre una tela. Muy pronto, Jack llegó a la parte más iluminada del bosque.

Miró hacia arriba y la vio. En la copa del árbol más alto, estaba la pequeña casa de madera.

—¡Apúrate, Jack! —gritó Annie, parada en la escalera de soga y madera.

Jack se agarró de la soga y comenzó a subir detrás de su hermana.

Hasta que, por fin, entraron en la casa del árbol.

Cric. Sobre el marco de la ventana, había un pequeño ratón.

—¡Hola, Miki! —dijo Annie en voz alta.

Jack acarició la cabeza diminuta de Miki.

—Perdónanos, no vinimos antes porque tuvimos clase de natación —explicó Annie.

Cric.

—¿Qué pasó durante nuestra ausencia, Miki? —preguntó Annie observando el interior de la casa.

Jack contempló la letra "M", tallada en el suelo de madera.

Sobre ella, había una piedra de mármol y un mango, las cosas que Annie y Jack habían encontrado en sus dos últimas aventuras.

—¿Te diste cuenta? *Mármol* y *mango* empiezan con "m", igual que Morgana —dijo Jack.

—Tienes razón —respondió Annie.

—Estoy seguro de que las dos cosas que

faltan también empiezan con “m” —comentó Jack.

—Exacto —agregó Annie—. Pero, ¿cómo vamos a hacer para encontrar la tercera?

Jack y su hermana se quedaron mirando las interminables pilas de libros de la casa del árbol. En una de ellas había un libro del bosque tropical, un libro de los ninjas, uno de piratas, otro de momias egipcias, otro de caballeros medievales y, el último, de dinosaurios.

Todos los libros de la casa estaban cerrados. A excepción de uno, que estaba en un rincón.

—Estamos a punto de encontrar la respuesta a tu pregunta, Annie.

Jack y su hermana se acercaron al libro. En la misma página en que estaba abierto, había un dibujo de un paisaje nevado con rocas.

—¡Guau! —exclamó Annie tocando el dibujo—. Me encanta la nieve, ojalá pudiéramos ir a este lugar ahora mismo.

—Espera —dijo Jack—. No estamos listos para ir. Además, estamos en traje de baño. ¡No lo hagas, Annie!

—¡Oh, oh! —exclamó ella.

Era demasiado tarde. El viento comenzó a soplar.

Las hojas empezaron a sacudirse.

La casa del árbol comenzó girar, más y más fuerte cada vez.

Después, todo quedó en silencio.

Un silencio absoluto.

2

¿Huesos?

Annie, Jack y Miki se asomaron a la ventana.

Nevaba sin cesar, un color gris muy oscuro teñía el cielo.

En la copa del árbol más alto, en medio de un triste bosque de árboles desnudos, estaba la pequeña casa de madera.

Y el bosque, sobre una planicie blanca y extensa.

Más allá de la planicie, se veía un extenso risco, alto y rocoso.

—Te-tengo frío —dijo Annie, temblando, como una hoja, mientras se cubría la cabeza con la toalla.

Cri-Cric. Al igual que Annie, Miki temblaba de frío.

—Estás muerta de frío, pequeña. Espera, te voy a poner en la mochila de Jack para que estés más resguardada —agregó Annie.

—Tenemos que volver a casa. Necesitamos ropa más abrigada —comentó Jack.

—No podemos —dijo Annie—. Hasta que no cumplamos nuestra misión, no podremos encontrar el libro de Pensilvania. Así es cómo funciona el hechizo, ¿lo recuerdas?

—Sí, tienes razón —contestó Jack mirando a su alrededor. No había señales del libro de Pensilvania, el que siempre los llevaba de regreso al hogar.

Annie volvió a mirar por la ventana.

—¿Dónde estamos? —preguntó.

—Me voy a fijar en el libro —respondió Jack. Y leyó lo que decía en la tapa: "*La vida en la Era Glacial*".

—*¿La Era Glacial?* —preguntó Annie—.

A juzgar por el frío que tengo, diría que es cierto.

—Será mejor que encontremos la tercera cosa lo antes posible. Antes de que se nos hiele la sangre —dijo Jack.

—Mira, Jack —susurró Annie señalando hacia afuera—. Allí hay gente.

Jack también los vio; cuatro siluetas paradas en el borde del risco.

Dos eran altas y las otras dos, más bajas.

—¿Quiénes son, Jack?

—Voy a consultar el libro —contestó él.

En una de las páginas, Jack encontró un dibujo en el que había algunas personas. Junto al dibujo decía:

A los primeros seres humanos de esta Era, se los denominó hombres de Cro-Magnon. Durante esta Era en el continente europeo, los hombres de Cro-Magnon vivían en cuevas, en el pie de formaciones con riscos.

—¿Para qué son las lanzas que tienen en las manos? —preguntó Annie.

Jack dio vuelta a la página y encontró otro dibujo de los hombres de Cro-Magnon. Luego, en voz alta, leyó lo que decía más abajo.

El hombre de Cro-Magnon acostumbraba salir de cacería con toda su familia. Primero, cubrían un agujero muy profundo con ramas y, luego, guiaban hacia la trampa a sus presas: renos y otros animales prehistóricos, como el mamut.

—Ay, no puedo oír lo que les hacían a los animales. Me pone muy triste —dijo Annie.

—No debes ponerte triste. Los hombres

de Cro-Magnon no podían sobrevivir sin cazar. En esa época, no había supermercados —comentó Jack.

Annie y su hermano permanecieron junto a la ventana, mirando cómo la familia se esfumaba detrás del otro lado del risco.

—Vamos, Annie, me estoy congelando. Busquemos la tercera cosa mientras los hombres de Cro-Magnon están de cacería.

—Pero yo quiero conocerlos —dijo Annie.

—Olvídalo. Ellos no saben quiénes somos, no tienen libros para averiguarlo. Pensarían que somos el enemigo y nos atacarían con sus lanzas.

—¡Oh, oh! —exclamó Annie.

Jack guardó el libro.

Cric. Miki asomó la cabeza fuera de la mochila.

—No te muevas de ahí, pequeña —dijo Annie.

Jack se acomodó la mochila sobre los hombros y empezó a bajar por la escalera.

Annie lo seguía, unos escalones más arriba.

Unos minutos más tarde, los pies de Jack y su hermana tocaron el suelo nevado.

El viento los azotaba con rudeza. Jack se cubrió la cabeza con la toalla. La nieve se acumulaba en el marco de sus lentes.

—Oye, Jack, mírame.

Annie se había puesto los anteojos de nadar: —Ahora puedo ver mucho mejor —dijo aliviada.

—Buena idea —agregó Jack—. Cúbrete la cabeza con la toalla. La mayor parte del calor del cuerpo se pierde por ahí.

Annie siguió el consejo de su hermano.

—Tendríamos que buscar una cueva o algún lugar para protegernos del frío —dijo Jack.

—Seguro que en esos riscos hay cuevas —agregó Annie.

Jack y su hermana avanzaron por la planicie, cubierta de nieve de lado a lado.

El viento había comenzado a soplar con furia.

—¡Te lo dije! ¡Mira! —dijo Annie mientras señalaba un enorme agujero en una roca. Era una *cueva*.

Jack y su hermana corrieron hacia allí.

—Con cuidado, Annie—. Los dos atravesaron sigilosamente la sombría entrada de la cueva.

Adentro hacía casi tanto frío como afuera pero, al menos, no soplaba el viento.

Alumbrados por la escasa luz de la cueva, los niños trataron de quitarse la nieve de las zapatillas.

Luego, Annie se quitó los anteojos de nadar.

—Aquí hay un olor feo —dijo Jack.

—Sí. Hay olor a perro mojado —contestó Annie.

—Espera, voy a averiguar de dónde viene

—agregó Jack, mientras sacaba de la mochila el libro de la Era Glacial.

—Voy a echar un vistazo. Tal vez la cosa que buscamos esté por aquí. Si tenemos suerte y la encontramos, pronto nos iremos a casa —dijo Annie.

Jack se paró en la entrada de la cueva para poder leer el libro.

—Esta cueva está llena de palos —agregó Annie.

—¿Cómo? —preguntó Jack sin apartar los ojos del libro.

—No, espera. Creo que son *huesos* —agregó Annie.

—¿Huesos? —preguntó Jack haciendo eco.

—Sí. Aquí atrás hay un montón. Están desparramados por el suelo.

Jack dio vuelta a la página y encontró un dibujo de una cueva llena de huesos.

—Oigo ruidos —dijo Annie.

Jack leyó lo que decía debajo del dibujo:

> Los gigantescos osos de las cavernas de la Era Glacial medían más de ocho pies de altura. Estos animales eran más grandes y feroces que los osos pardos de hoy y acostumbraban llenar sus cuevas con los huesos de sus ancestros.

—¡Annie! —murmuró Jack—. ¡Ven aquí ahora mismo!

¡Estaban en la cueva de un gran oso de las cavernas!

3

¿Quién ronca?

—¡Annie! —volvió a murmurar Jack.

No obtuvo respuesta.

Lentamente, guardó el libro en la mochila y caminó hacia el interior de la cueva.

—¡Annie! —dijo, levantando un poco la voz.

Jack se paró encima de los huesos.

El olor a perro mojado era más intenso.

Sin embargo, continuó su camino hacia el corazón de la cueva, donde la oscuridad era aterradora y el olor, insoportable.

De pronto, se topó con algo.

—¿Jack? ¿Eres tú? —preguntó Annie.

—¿No me oíste? Te estaba llamando.

¡Tenemos que salir de aquí! —dijo Jack en voz muy baja.

—Espera. Allí atrás hay alguien durmiendo. ¿No oyes los ronquidos? —preguntó Annie.

Jack oyó un quejido suave y profundo.

—No es una persona, Annie. ¡Es un oso de las cavernas!

En ese instante, un feroz ronquido quebró el silencio de la cueva.

—¡Oh, oh! —exclamó Annie.

—¡Vamos! ¡Salgamos de aquí! —dijo Jack.

Annie y su hermano salieron corriendo de la cueva, pisando los huesos tirados en el suelo. Ni siquiera la nieve los detuvo, corrieron entre las rocas hasta una punta saliente del risco.

Cuando se dieron la vuelta, no vieron más que nieve, rocas y sus propias huellas sobre el suelo blanco.

No había rastros del oso.

—Uf, tuvimos suerte, ¿eh? —exclamó Annie muy agitada.

—Sí, es verdad. Tal vez el oso nunca se despertó y no nos dimos cuenta por el susto que teníamos —dijo Jack.

Annie se acurrucó junto al pecho de su hermano: —E-estoy co-congelada, Jack.

—Yo también.

Jack se quitó los lentes para limpiar la nieve que se había acumulado en los vidrios. El viento congelado azotaba sus piernas desnudas.

—¡Guau! Mira, Jack —dijo Annie señalando algo que estaba detrás de su hermano.

—¿Qué? —preguntó Jack. Se volvió a poner los lentes y se dio vuelta.

Debajo de una parte del risco había una especie de techo formado por rocas y debajo de éste, había otra cueva.

—Al parecer, *ésta* era distinta a la otra; brillaba con una luz dorada y, además, se veía muy cálida y acogedora.

4

Los niños cavernícolas

Annie y Jack se acercaron a la entrada de la cueva y espiaron hacia adentro.

Una brillante llama dorada crecía y decrecía en el medio de un montón de trozos de carbón.

Junto al fuego, había varios cuchillos, algunas hachas y varias piedras ahuecadas por dentro. También se veían algunas pieles de animales amontonadas contra la pared.

—Alguien vive aquí —dijo Annie.

—Tal vez, los hombres de Cro-Magnon

que vimos en el risco viven aquí —comentó Jack.

—Entremos, Jack. Ya no soporto el frío.

Annie y su hermano se arrimaron al fuego de un salto para calentarse las manos.

Sus sombras inquietas danzaban en las paredes de piedra.

Jack sacó de la mochila el libro de la Era Glacial y mientras lo hojeaba encontró el dibujo de una cueva:

> Los hombres de Cro-Magnon utilizaban piedras, plantas y la piel de los animales para fabricar diversos objetos. Acostumbraban hacer instrumentos musicales con huesos de mamut en forma de flauta. Y fabricaban hachas y cuchillos con piedras, como también, sogas con la fibra de las plantas.

Jack sacó el lápiz y el cuaderno, e hizo una lista:

Objetos que fabricaban los hombres de Cro-Magnon:

- flautas de hueso
- sogas de fibra
- hachas y cuchillos de piedra

—¡Sorpresa! —dijo Annie.

Jack se dio la vuelta. Un abrigo hecho con la piel de un animal, con capucha y mangas largas, cubría por completo el cuerpo de Annie.

—¿De dónde sacaste eso? —preguntó Jack.

—De ese montón de pieles —contestó Annie, señalando la montaña de abrigos que estaba sobre el suelo—. Ésta debe de ser la ropa de los hombres de Cro-Magnon. Tal vez la pusieron aquí para arreglarla.

Annie levantó otra piel del suelo y se la dio a su hermano.

—Pruébatela, son muy abrigadas —dijo Annie.

Jack dejó la mochila y la toalla en el suelo, cubierto de suciedad, y se probó la piel.

Annie tenía razón. El "saco" de piel era muy abrigado.

—Ahora somos unos niños cavernícolas —dijo Annie.

Cric. Miki asomó la cabeza fuera de la mochila de Jack.

—No te muevas de ahí. No tenemos un abrigo para tu medida —agregó Annie.

Miki volvió a meterse dentro de la mochila.

—¿Cómo habrán hecho para coser estos abrigos? —preguntó Jack.

Abrió el libro y lo hojeó hasta que encontró el dibujo de una mujer cosiendo una piel.

> Para confeccionar sus ropas, los hombres y mujeres de Cro-Magnon frotaban la piel de reno contra una piedra para darle una consistencia más suave y luego la cosían con agujas de hueso.

Jack agregó a su lista:

- ropa de piel de reno

—Espero que la gente de esta cueva no se enoje con nosotros por ponernos sus abrigos —dijo Jack.

—¿Y si les ofrecemos las toallas como agradecimiento? —sugirió Annie.

—Muy buena idea —dijo Jack.

—También podemos dejarles mis anteojos —agregó Annie.

Y dejaron los obsequios sobre la montaña de abrigos de piel.

—Exploremos la cueva antes de que regresen —dijo Jack.

—Está muy oscuro ahí atrás, no vamos a poder ver nada —agregó Annie.

—Voy a averiguar cómo hacían para poder ver en la oscuridad —comentó Jack.

Abrió el libro de la Era Glacial y encontró un dibujo en el que se veía un grupo de personas dentro de una cueva, con unas lámparas muy extrañas en las manos. Jack leyó en voz alta lo que decía debajo del dibujo:

> Los hombres de Cro-Magnon fabricaban lámparas de piedra. Primero, ahuecaban una roca, llenaban el agujero con grasa de animal y, luego, introducían una mecha de musgo.

—¡Allí, mira! —dijo Annie señalando dos piedras ahuecadas tiradas cerca del fuego; cada una, con una mecha de musgo y una sustancia blanca y pegajosa en su interior.

—Debemos tener cuidado —dijo Jack.

Y levantó una de las piedras. Era más pequeña que un tazón de sopa, pero mucho más pesada.

Jack acercó la piedra al fuego y encendió la mecha.

Luego encendió la otra y se la dio a su hermana.

—Agárrala con las dos manos, Annie.

—Ya lo sé —agregó ella.

Jack se puso el libro debajo del brazo. Y los dos caminaron hacia el fondo de la cueva, alumbrando el camino con las lámparas de piedra.

—¿Adónde nos llevará esta abertura? —preguntó Annie, acercando la lámpara a un enorme agujero que había en la pared.

—Voy a tratar de averiguarlo —dijo Jack.

Dejó la lámpara de piedra sobre el suelo y abrió el libro de la Era Glacial.

—Creo que es un túnel —dijo Annie—. Enseguida vengo.

—Espera un segundo —insistió Jack.

Era demasiado tarde. Annie ya había atravesado el agujero de la pared.

—¡Otra vez! —exclamó Jack resignado.

Cerró el libro y miró dentro del agujero.

—¡Vuelve aquí, Annie!

—¡No! ¡Ven tú! —insistió ella. Su voz se

oía desde muy lejos—. No vas a poder creer esto.

Jack levantó la lámpara del suelo y se metió en el túnel.

—¡Guauuu! —exclamó Annie.

Jack vio la lámpara de su hermana que resplandecía al final del túnel.

Luego se agachó y se dirigió hacia donde estaba ella.

Al final del túnel había una inmensa caverna con un techo altísimo.

Annie levantó la lámpara y la acercó a la pared.

—¡Mira! —dijo prestando atención al eco de su voz.

En la pared de piedra había varias figuras de animales prehistóricos, pintadas con colores rojo, negro y amarillo.

Con el reflejo inquieto de la luz de las lámparas, las bestias prehistóricas parecían tomar vida.

5

Huellas sobre la nieve

—¿Qué es esto? —preguntó Jack asombrado.

—Tal vez sea una galería de arte —dijo Annie.

—No lo creo. Es muy difícil llegar hasta aquí —comentó Jack.

Leyó algo sobre las pinturas de las cavernas.

Estos animales de la Era Glacial fueron pintados hace 25.000 años. El hombre de Cro-Magnon solía dibujar a sus presas en las paredes de las cavernas, lo cual, según sus creencias, le otorgaba un poder especial sobre los animales que cazaba.

—¡Uyyy! ¡Mira esto, Jack!

Annie señaló un dibujo, un poco más alejado del resto de los animales.

Era la figura de una extraña criatura con brazos y piernas de hombre, cuernos de reno y cara de lechuza, y en la mano tenía una especie de flauta.

Jack volvió a mirar el libro y encontró un dibujo con una figura similar, junto a la cual decía lo siguiente:

> Al parecer, el hombre de las cavernas obedecía las órdenes de un hechicero o "Amo de los animales". Esta extraña criatura tenía cuerpo de reno para correr más rápido y cara de lechuza para ver mejor.

—¡Qué dibujo tan raro! —dijo Annie.

—Es el "Amo de los animales" —contestó Jack—. Es un hechicero.

—¡Sí! ¡Eso es! —exclamó Annie con entusiasmo.

—¿Qué quieres decir? —preguntó Jack.

—A él es a quién tenemos que encontrar, Jack.

—¿Cómo?

—Tal vez el hechicero es amigo de Morgana —agregó Annie.

—Podría ser —dijo Jack pensativo.

—Vamos a buscarlo —agregó Annie.

Jack y su hermana atravesaron el túnel y regresaron a la cueva por la que habían entrado.

—Será mejor que apaguemos las lámparas —sugirió Jack.

Y las colocaron junto al fuego, donde las habían encontrado.

La mochila de Jack estaba en el mismo lugar, sobre el suelo, junto a la piel de los animales. Al verla, guardó el libro de la Era Glacial dentro de ella.

—¿Cómo está Miki? —preguntó Annie.

Jack miró dentro de su mochila pero no la encontró.

—No está aquí —dijo.

—¡Ay, no! —gritó Annie—. Debe de haberse escapado cuando estábamos mirando las pinturas de la pared.

—¡Miki! —gritó Jack.

—¡Miki! —volvió a gritar Annie revisando todo el interior de la cueva.

Jack buscó alrededor del fuego y debajo de los abrigos de piel.

—¡Jack, ven aquí!

Annie estaba parada cerca de la entrada de la cueva.

Había dejado de nevar.

Sobre el suelo se veían unas pisadas diminutas.

6

Una melodía especial

—Son las huellas de Miki —dijo Annie—. Tenemos que encontrarla antes de que muera congelada.

Sin perder tiempo, se envolvió con el abrigo de piel de reno y salió en busca de su amiga.

Jack se colgó la mochila y abandonó la cueva para seguir a su hermana.

Las huellas los condujeron entre las rocas hacia la blanca planicie.

El viento soplaba con furia, amontonando más y más nieve encima de las huellas de Miki.

—¡Ya no veo las huellas, Jack!

Annie y su hermano se quedaron parados en medio de la planicie, mirando cómo el viento barría la nieve a su paso.

Las huellas de Miki se habían borrado por completo.

—¡Oh, oh! —exclamó Annie mirando hacia arriba.

Jack alzó la mirada; sobre el borde del risco, había un tigre. Era enorme y tenía un par de colmillos largos y afilados.

—Es un tigre *dientes de sable* —dijo Jack.

—Espero que no nos vea —agregó Annie.

—Será mejor que vayamos a la casa del árbol —sugirió Jack en voz muy baja.

Annie y su hermano caminaron por la nieve muy lentamente. Luego, Jack volvió la mirada al risco.

El dientes de sable se había marchado.

—¡Vaya! —exclamó Jack preocupado—. ¿Adónde habrá ido?

—¡Corramos hacia los árboles! —gritó Annie.

Ambos salieron corriendo por la planicie nevada.

De pronto, Jack oyó un *crac*.

El suelo, debajo de sus pies, se abrió, y Jack y su hermana cayeron dentro de un enorme agujero, sobre un montículo de ramas, nieve y tierra.

Con gran esfuerzo, lograron ponerse de pie. Jack se acomodó los lentes.

—¿Estás bien, Annie? —preguntó él.

—Sí, estoy bien —respondió ella.

En ese momento, ambos miraron hacia arriba. Habían caído en un pozo sumamente profundo. Lo único que Jack podía ver eran las nubes grises moviéndose encima de su cabeza.

—Esto es una trampa para animales —dijo Jack—. Los hombres de Cro-Magnon deben de haber tapado el agujero con las ramas. Pero nosotros no pudimos verlas porque estaban cubiertas por la nieve.

—No podremos salir de aquí —dijo Annie.

Tenía razón. Estaban atrapados. El agujero de entrada estaba demasiado alto como para llegar a él.

—Me siento como un animal enjaulado —dijo Annie.

—Yo también —agregó Jack.

De pronto, a lo lejos, Jack oyó un rugido.

—¡Es dientes de sable! —susurró Annie.

Sin perder tiempo, Jack sacó de la mochila el libro de la Era Glacial. Mientras lo hojeaba, encontró el dibujo de un tigre similar al que habían visto en el risco. Junto al dibujo decía:

> El tigre dientes de sable era la fiera más temible de la Era Glacial. Entre sus presas se encontraba el hombre, el mamut y otros animales salvajes.

—¡Qué horror! —exclamó Jack.

—¿Oyes ese sonido? —preguntó Annie.

—¿Cuál? —preguntó Jack exaltado.

—¿No oyes música?

Jack trató de prestar atención, pero lo único que podía oír era el quejido del viento.

—¿La oyes? —preguntó Annie.

—No, no puedo —contestó Jack.

—Trata de escuchar con atención.

Jack cerró los ojos y se concentró para poder escuchar mejor.

Sólo oía el sonido del viento. Pero, luego de un momento, oyó algo más.

Era una música extraña y misteriosa.

—¡Ahhh! —gritó Annie.

Jack abrió los ojos.

Al lado del agujero, había una silueta con cuernos y con una máscara de lechuza, que los miraba sin quitarles los ojos de encima.

—El hechicero —murmuró Jack.

Cric.

¡Miki, al igual que el hechicero, miraba a Annie y a Jack desde arriba!

7

El regalo del hechicero

El hechicero se quedó parado en el lugar, sin decir una sola palabra, mirando a Jack y a Annie a través de los agujeros de la máscara.

—Ayúdanos, por favor —suplicó Annie.

Éste lanzó una soga al interior del pozo y Jack la agarró de inmediato.

—Quiere ayudarnos a subir —dijo Annie.

Jack miró hacia arriba. El hechicero había desaparecido.

—¿Adónde habrá ido? —preguntó.

—Tira de la soga —dijo Annie.

Jack la agarró con fuerza, ésta se tensó y, de pronto, comenzó a elevarse.

—¡Yo voy primero! —dijo Annie con entusiasmo.

—¡Esto no es un juego! —advirtió Jack con seriedad.

—No te preocupes, estaré bien —respondió Annie.

Jack le dio la soga a su hermana.

—Está bien, pero sujétate lo más fuerte que puedas —dijo.

Annie se agarró de la soga con ambas manos. Apoyó los pies contra la pared del pozo y comenzó a subir.

Así, ayudándose con las paredes laterales para hacer presión, alcanzó la superficie.

En ese instante, Jack vio al hechicero, que se había acercado para ayudar a Annie. Después, ambos desaparecieron.

Jack estaba completamente desorientado. Si el hechicero había usado las manos para ayudar a Annie, entonces, ¿quién tiraba de la soga?

—¡Guau! —A lo lejos, se oyó la voz de Annie.

"*¿Qué pasa ahí arriba?*", se preguntó Jack.

El hechicero se acercó al agujero nuevamente y tiró la soga al interior del pozo.

Jack se agarró con fuerza de la cuerda y comenzó a elevarse.

Le ardían las manos y sentía que los brazos se le salían de lugar.

Pero siguió adelante, apoyando los pies contra la pared.

Cuando llegó a la superficie, el hechicero alzó a Jack para sacarlo.

—Gracias —dijo Jack.

El hechicero era alto y tenía puesto un largo abrigo de piel. Jack sólo podía ver los ojos del extraño hombre, detrás de la máscara de lechuza.

—Hola —dijo Annie.

Jack se dio la vuelta.

Annie estaba sentada sobre el lomo de un mamut.

Cric. Miki estaba sobre la cabeza del animal.

El mamut parecía un elefante gigante; tenía un pelaje largo y rojizo y un par de cuernos curvos.

El otro extremo de la soga estaba atado alrededor del cuello del animal.

—Goliat fue quien nos subió. ¿No es precioso? —preguntó Annie.

—¿Quién? —dijo Jack.

—Goliat, ¿no es un bonito nombre para él? —preguntó Annie refiriéndose al mamut.

—¡Caray! —exclamó Jack acercándose al animal gigantesco.

—Oye, Jack, mamut empieza con "m". ¡Tal vez, él es la tercera cosa que teníamos que encontrar!

—No lo creo —respondió él.

El mamut se arrodilló sobre el suelo, como suelen hacer los elefantes del circo.

—¡Uyyy! —exclamó Annie, agarrándose de las orejas del animal para no caerse.

El hechicero ayudó a Jack a subirse al lomo del mamut.

—Gracias —dijo él.

Luego, el hechicero introdujo la mano en la bolsa, sacó un trozo de hueso blanco y se lo dio a Jack.

El hueso estaba ahuecado en el centro, tenía cuatro orificios en hilera en uno de sus lados y dos orificios en el otro.

—Vaya, debe de ser su flauta —dijo Jack en voz baja—. En el libro decía que los hombres de Cro-Magnon hacían flautas con huesos de mamut.

Jack trató de devolverle la flauta al hechicero:

—Es bonita —dijo amablemente.

Pero el hechicero escondió la mano detrás de la espalda.

—Quiere dártela —dijo Annie.

—*Hueso de mamut* —murmuró Jack—.

Eh, tal vez ésta es la cosa que teníamos que encontrar.

Jack miró al hechicero.

—¿Conoces a Morgana? —le preguntó.

El hechicero no le respondió. Pero en sus ojos se vio un reflejo de bondad.

Luego, se alejó de Jack, desató la cuerda del cuello del mamut, y le susurró algo en el oído al animal.

Cuando el mamut se puso de pie, Jack se agarró del abrigo de Annie para no caerse. Sentía que estaba a muchos pies del suelo.

Luego se acurrucó detrás de su hermana, en el hueco entre la cabeza del mamut y la joroba del animal.

El mamut avanzó por la nieve con paso lento hasta que, poco a poco, fue ganando más velocidad.

—¿A dónde vamos? —preguntó Jack.

—¡A la casa del árbol! —contestó Annie.

—¿Y cómo sabe dónde está la casa? —preguntó Jack.

—*Él* lo sabe, no te preocupes.

Jack miró hacia atrás.

El hechicero estaba parado sobre la nieve, observando a los niños.

En ese instante, el cielo se abrió y salió el sol.

Los ojos de Jack se encandilaron con el reflejo del sol sobre la nieve.

Hizo un esfuerzo para poder ver pero, cuando abrió los ojos, el hechicero ya había desaparecido.

8

La gran procesión

El mamut avanzó por la planicie nevada.

—¡Mira! —dijo Annie señalando una manada de alces a lo lejos.

—¡Mira hacia allá! —dijo Jack, al ver un grupo de renos que avanzaba por la nieve haciendo graciosas piruetas.

De pronto, un rinoceronte se unió al grupo de alces y, después, ¡un bisonte!

Los alces, los renos, el bisonte y el rinoceronte seguían a Annie y a Jack desde lejos, como escoltando el viaje de los niños hacia la casa del árbol.

La nieve resplandecía con el reflejo del sol.

"Nunca estuve en una procesión de animales, ¡es genial!", pensó Jack.

Poco a poco, todos se fueron acercando a la arboleda.

—Te lo dije —comentó Annie—. Goliat nos lleva a la casa del árbol.

En ese instante, el mamut lanzó un bramido.

Los demás animales se quedaron paralizados.

Miki comenzó a chillar con desesperación.

Jack miró a su alrededor.

Unos pies más atrás, estaba el tigre dientes de sable caminando por la planicie de un lado hacia el otro.

El mamut rugió con fuerza y huyó en estampida.

Annie y Jack perdieron el equilibrio y casi terminan de nariz sobre la nieve.

Jack se agarró con fuerza a su hermana; y ella y Miki, al pelo del mamut.

Goliat se desplazó sobre la nieve, como un rayo embravecido.

—¡Ayyyy! —Annie y Jack gritaban desesperados.

El tigre esperaba agazapado, junto a la arboleda.

Estaban atrapados.

De pronto, el dientes de sable avanzó lentamente hacia el mamut. Y éste rugió con furia.

Jack sabía que un tigre dientes de sable era capaz de matar a cualquier animal que se cruzara en su camino, incluso a uno del tamaño de Goliat.

El tigre tenía la cabeza baja, casi contra el suelo. Su mirada de fuego estaba clavada en los ojos de Goliat. Los dientes largos y afilados, como dos sables, brillaban con el reflejo del sol.

9

Amo de los animales

El dientes de sable se adelantó sigilosamente sobre la nieve.

Jack se quedó paralizado observando la escena.

—Toca la flauta —dijo Annie de pronto.

"*¿Qué le pasa? ¿Se ha vuelto loca?*", se preguntó Jack.

—¡Vamos inténtalo! —insistió Annie.

Jack se llevó el hueso de mamut a los labios y sopló con fuerza.

De repente, la flauta lanzó un extraño sonido.

El tigre quedó paralizado, con los ojos clavados en el objeto de hueso.

Las manos de Jack temblaban sin cesar.

El dientes de sable lanzó un feroz rugido y dio un paso adelante.

El mamut bramó con furia, golpeando el suelo con las patas.

—¡Sigue tocando! ¡No te detengas! —volvió a insistir Annie.

Jack volvió a soplar con toda su energía.

Y el tigre, una vez más, quedó inmóvil en el lugar.

Jack tocó hasta que se quedó sin aire.

En ese instante, el tigre lanzó el más feroz de los rugidos.

—Todavía no se fue —dijo Annie con voz baja—. Sigue tocando.

Jack cerró los ojos, tomó aire y sopló con todas sus fuerzas, cubriendo y descubriendo los pequeños agujeros de la flauta con los dedos.

La música era muy extraña, como de otro mundo.

—¡Se va! —susurró Annie por lo bajo.

Jack alzó la mirada. El tigre dientes de sable se alejaba en dirección a los riscos.

—¡Lo hicimos! —dijo Annie.

Jack dejó la flauta a un lado; estaba extenuado.

El mamut comenzó a mover la trompa loco de satisfacción.

—¡Vamos, Goliat! ¡A la casa del árbol! —dijo Annie.

La gigantesca mole de pelo rojizo echó aire por la trompa y reanudó su marcha hacia la altísima arboleda.

Una vez allí, Jack se paró sobre el lomo del animal, agarró la escalera colgante y la sostuvo con firmeza para que su hermana subiera.

Annie acarició las enormes orejas del mamut.

—Adiós, Goliat, gracias por ayudarnos —le dijo.

Annie agarró la escalera y comenzó a subir los escalones, escoltada por Miki.

Jack la siguió. Pero antes, volvió la mirada al mamut y le dijo:

—Adiós, amigo. Regresa a tu casa y ten mucho cuidado con el dientes de sable.

Goliat se alejó y se perdió en el horizonte.

Jack lo siguió con la mirada hasta que ya no pudo verlo. Se agarró fuertemente de la soga y subió rápidamente.

—¡Sorpresa! ¡Mira lo que encontré! —dijo Annie con el libro de Pensilvania en la mano.

Jack sonrió. Ahora estaba seguro de que habían encontrado la tercera cosa. La misión estaba cumplida.

—Antes de irnos, tenemos que devolver los abrigos —dijo Annie.

—De acuerdo —agregó Jack.

Se quitaron las pieles de reno y las tiraron al pie del árbol.

—Espero que los hombres de Cro-Magnon encuentren sus pieles.

Jack miró por la ventana, quería echarle un último vistazo al mundo prehistórico.

El sol había comenzado a esconderse detrás de las colinas. A lo lejos, cuatro personas cruzaban la planicie nevada. Era la familia Cro-Magnon.

—¡Eh! —gritó Annie.

—¡Ssssh! —exclamó Jack.

La familia Cro-Magnon se detuvo y miró en dirección a la casa del árbol.

—¡Les dejamos las pieles de reno en el suelo! —gritó Annie señalando hacia abajo.

El hombre más alto dio un paso adelante y levantó la lanza.

—Hora de irnos —dijo Jack.

Agarró el libro de Pensilvania, buscó el dibujo de Frog Creek y apoyó el dedo sobre el paisaje.

—Queremos regresar a casa —dijo.

—¡Adiós! ¡Buena suerte! —gritó Annie saludando por la ventana.

El viento comenzó a soplar.

Las hojas del árbol empezaron a sacudirse.

El viento sopló con más y más fuerza. Y la casa del árbol comenzó a girar.

Cada vez más y más rápido.

Después, todo quedó en silencio.

Un silencio absoluto.

10

Nuestra Era

De repente, se oyó el canto de los pájaros.

—Espero que hayan encontrado las pieles —dijo Annie.

—Yo también —agregó Jack, acomodándose los lentes.

Cric.

—¡Eh, tú! ¿Cómo encontraste al hechicero? —le preguntó Annie a Miki.

Cric.

—Así que es un secreto, ¿eh? —dijo Annie. Luego miró a su hermano y le preguntó—. ¿Dónde está la flauta?

Jack le mostró el hueso de mamut a su hermana y lo colocó sobre la letra "M", talada sobre el suelo de madera, junto al mango del bosque tropical y al mármol que les había dado el Maestro ninja.

—Mármol, mango, hueso de mamut —dijo Annie—. Nos falta encontrar una cosa más con "m". Después, Morgana quedará libre del hechizo.

—Volveremos mañana —agregó Jack.

Annie acarició la cabeza de Miki.

—Adiós, amiga —le dijo.

Y comenzó a bajar por la escalera colgante.

Jack juntó sus cosas y detuvo su mirada en los enormes ojos marrones de Miki, que lo miraban atentamente.

—Gracias por ayudarnos —le dijo.

Bajó por la escalera y saltó sobre la hierba.

Annie y Jack atravesaron corriendo el bosque de Frog Creek y tomaron la calle de su casa.

A la luz del atardecer, el vecindario se veía más radiante que nunca.

"Es fantástico estar de vuelta en nuestra era", pensó Jack. *"Aquí se está más a gusto*

y a salvo. Además, ya casi estamos en casa".

—¡Qué suerte que no tenemos que hacer lo que hacían los hombres de Cro-Magnon para poder comer! —dijo Jack.

—Sí, mamá y papá ya se habrán encargado de ir a "cazar" la cena al supermercado —dijo Annie.

—Espero que hayan atrapado un buen plato de espaguetis con albóndigas —dijo Jack.

—Espero que hayan atrapado una deliciosa pizza —agregó Annie.

—Me muero de hambre —dijo Jack.

Corrieron por la calle y atravesaron la puerta principal.

—¡Llegamoooos! —gritó Annie.

—¿Qué hay de cenar? —preguntó Jack.

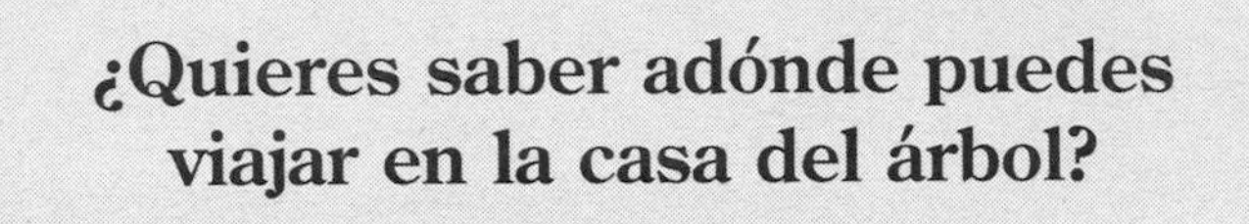

¿Quieres saber adónde puedes viajar en la casa del árbol?

La casa del árbol, #1
Dinosaurios al atardecer

Jack y Annie descubren una casa en un árbol y al entrar viajan a la época de los dinosaurios.

La casa del árbol, #2
El caballero del alba

Annie y Jack viajan a la época de los caballeros medievales y exploran un castillo con un pasadizo secreto.

La casa del árbol, #3
Una momia al amanecer

Jack y Annie viajan al antiguo Egipto y se pierden dentro de una pirámide al tratar de ayudar al fantasma de una reina.

La casa del árbol, #4
Piratas después del mediodía

Annie y Jack viajan al pasado y se encuentran con un grupo de piratas muy hostiles que buscan un tesoro enterrado.

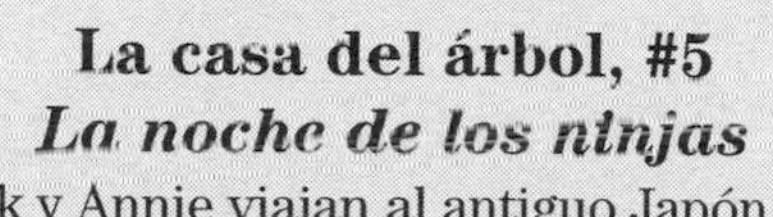

La casa del árbol, #5

La noche de los ninjas

Jack y Annie viajan al antiguo Japón y se encuentran con un maestro ninja que los ayudará a escapar de los temibles samuráis.

La casa del árbol, #6

Una tarde en el Amazonas

Annie y Jack viajan al bosque tropical de la cuenca del río Amazonas y allí deben enfrentarse a las hormigas soldado y a los murciélagos vampiro.

La casa del árbol, #7

Un tigre dientes de sable en el ocaso

Jack y Annie viajan a la Era Glacial y se encuentran con los hombres de las cavernas y con un temible tigre de afilados dientes.

La casa del árbol, #8

Medianoche en la Luna

Annie y Jack viajan a la Luna y se encuentran con un extraño ser espacial que los ayuda a salvar a Morgana de un hechizo.

Photo Credit: 2012 by Elena Seibert.

Mary Pope Osborne ha recibido muchos premios por sus libros, que suman más de cuarenta. Mary Pope Osborne vive en la ciudad de Nueva York con Will, su esposo y con su perro Bailey, un norfolk terrier. También tiene una cabaña en Pensilvania.